Who Took My Dumplings?

Copyright © 2008 by Montessori Korea Co., Ltd

The original edition is published by Montessori Korea Co.,

Simplified Chinese translation copyright © 2010

by Beijing Poplar Culture Project Co., Ltd

Simplified Chinese edition is published under the arrangement

with Montessori Korea Co., Ltd.

本书中文版由 Montessori Korea Co., Ltd. 独家授权

版权合同登记号：14-2010-366

蒲蒲兰绘本馆 谁偷了包子？

金艺实（韩） 文　洪有理（韩） 图　蒲蒲兰 译

责任编辑：张海虹

特约编辑：高　媛

出版发行：二十一世纪出版社

（南昌市子安路75号）

经　　销：新华书店

印　　制：北京华联印刷有限公司

版　次：2011年1月第1版　　2011年1月第1次印刷

开　本：787mm X 1092mm　1/12

印　张：3

书　号：ISBN 978-7-5391-6217-1

定　价：26.80元

赣版权登字—04—2010—264

谁偷了包子?

金艺实 文　洪有理 图　蒲蒲兰 译

21 二十一世纪出版社
21st Century Publishing House
全国百佳出版社

从前，在一个小镇上，有一家包子铺。
这家的包子又大又香，每天来买包子的客人
都排了很长很长的队伍。

包子铺的生意好极了，妈妈每天忙得团团转。

妞妞却觉得很孤单，要是能有个弟弟或妹妹一起玩儿，

该多好啊！

这天，生意非常好，
晚上快关铺子的时候，
只剩下8个香喷喷的煎饺了。

丁零丁零……
绸缎店老板推开门走进来，
"给我拿5个煎饺。"
盘子里只有3个煎饺了。

妞妞有点困了，打了个大大的呵欠，

"咦？怎么回事？"

盘子里原来有3个煎饺，怎么只有2个了，

另一个哪儿去了？

"难道是我看错了？"

她使劲揉了揉眼睛，再看，还是只有2个。

第二天晚上，快关铺子的时候，
只剩下9个又大又香的菜包子了。

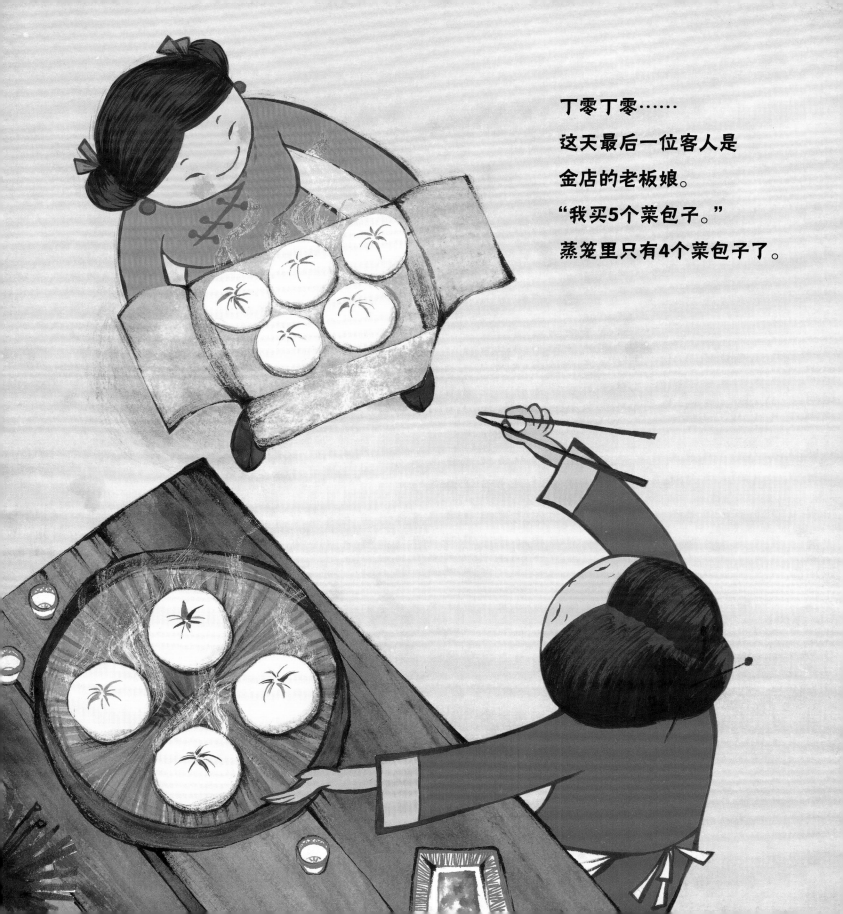

丁零丁零……
这天最后一位客人是
金店的老板娘。
"我买5个菜包子。"
蒸笼里只有4个菜包子了。

妞妞帮妈妈扫地的时候，
回头看了一眼蒸笼：
原本有4个菜包子，
怎么只有3个了，
另一个哪儿去了？

"妈妈，妈妈，你有没有看到那个菜包子?"
"鬼丫头! 自己吃了还装傻呀!"
妞妞觉得很委屈，
包子到底跑哪儿去了呢?

妞妞决定抓住偷包子的小偷。

她想了一个好方法。

这天晚上妞妞悄悄地溜进铺子里，

拿了5个包子放在桌上，

又去厨房拿了一些面粉洒在桌子周围，

布置好后，她悄悄地躲到了桌子下面……

"嗯？天都亮了！"
原来，妞妞在桌下
等着等着就睡着了。
她赶紧爬出来，
往桌上一看，
5个包子少了3个，
盘子里只剩下2个。

而妞妞洒的面粉上，
开着一朵一朵
小小的脚印花。

夜晚再次来临……

妞妞又将包子放到桌子上，
四周用盘、碟、碗垒得层层高，
还把又湿又滑的油洒在地上。

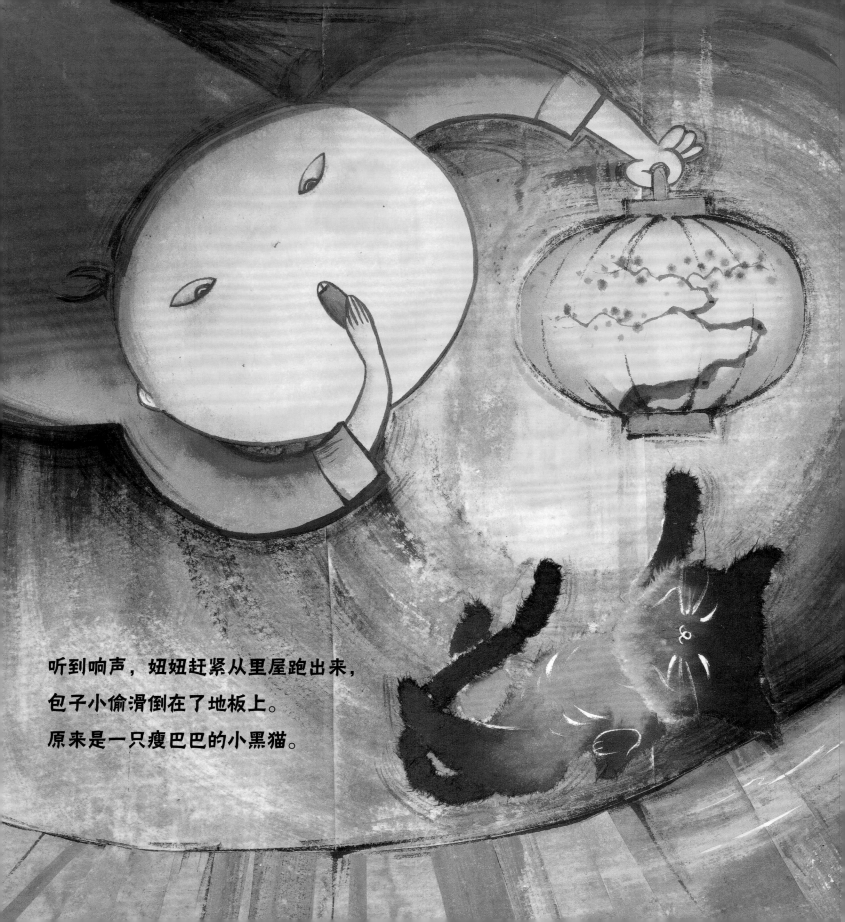

听到响声，妞妞赶紧从里屋跑出来，
包子小偷滑倒在了地板上。
原来是一只瘦巴巴的小黑猫。

"你是不是因为太饿了，
才偷吃东西啊？"
妞妞轻轻地抱起了小黑猫。

妞妞给小黑猫起了个名字，叫闹闹。

"闹闹，你就当我弟弟吧！"

从那以后，妞妞和闹闹天天在一起，

无论是玩儿的时候，

还是吃包子的时候。

"妞妞，闹闹，
过来吃包子喽！"

★ 一共7个大包子，
  妞妞和闹闹吃了4个，还剩下3个。
  两个人一起吃包子，是世界上最快活的事！